CCTV 强档热播大型二维爆笑系列剧

Chicken Stew

⑤ 谷仓反击战

U0140532

深圳华强文化科技集团 编著
四川出版集团
四川美术出版社 出版

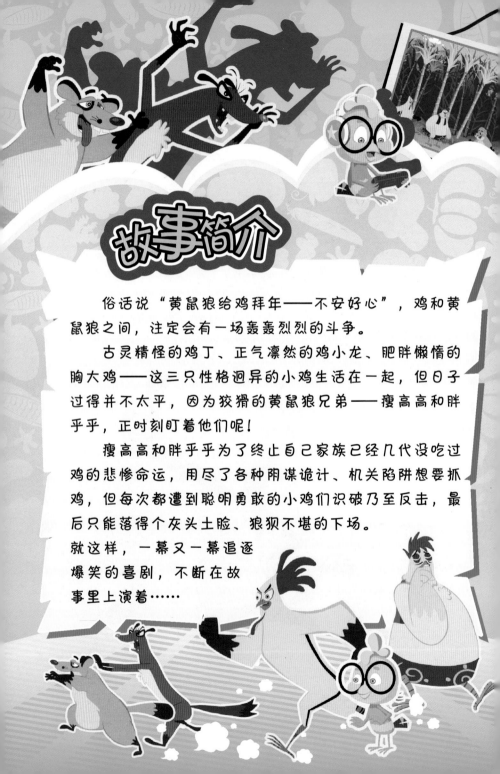

故事简介

俗话说"黄鼠狼给鸡拜年——不安好心"，鸡和黄鼠狼之间，注定会有一场轰轰烈烈的斗争。

古灵精怪的鸡丁、正气凛然的鸡小龙、肥胖懒惰的胸大鸡——这三只性格迥异的小鸡生活在一起，但日子过得并不太平，因为狡猾的黄鼠狼兄弟——瘦高高和胖乎乎，正时刻盯着他们呢！

瘦高高和胖乎乎为了终止自己家族已经几代没吃过鸡的悲惨命运，用尽了各种阴谋诡计、机关陷阱想要抓鸡，但每次都遭到聪明勇敢的小鸡们识破乃至反击，最后只能落得个灰头土脸、狼狈不堪的下场。就这样，一幕又一幕追逐爆笑的喜剧，不断在故事里上演着……

重要人物介绍

鸡丁

鸡丁身材娇小，博文广识，好玩电子游戏，尤以那股临危不乱的酷劲著称。她平时话不多，但开口总能一针见血地指出问题的关键所在，是三只小鸡中的"智囊"。

语录：唉，真没挑战性……

胸大鸡

邋遢大叔胸大鸡，身材臃肿，性格懒散，从不讲卫生，还整天吹嘘自己武功高强，曾与某某绝世高手过招，并故作神秘地说自己是传说中绝世神技"鸡飞蛋打拳"的传人。

语录：睡觉真是人生一大乐事啊！

鸡小龙

作为胸大鸡的徒弟，鸡小龙却与师傅截然不同。他是一个充满朝气与活力，见义勇为，有正义感的少年。鸡小龙对胸大鸡十分崇拜，并对胸大鸡的教导深信不疑。

语录：青春啊，燃烧吧！

黄鼠狼哥哥。身材又高又瘦，脾气暴躁，而且自私自利，满脑子坏水。他一直垂涎农庄里的小鸡们，想尽一切办法、穷尽所有手段要捉住小鸡，但经常聪明反被聪明误。

语录：我们抓的不是鸡，是理想！

瘦高高

胖乎乎

黄鼠狼弟弟。身材又矮又胖，傻里傻气，但他烧得一手好菜，并以"烧出天下最美味的鸡料理"为最大理想。

语录：什么时候才能吃到好吃的鸡料理呢？

第三十六集
吸铁石

哦。

笨蛋，吸铁石就是能把铁吸起来的东西。

这个东西威力那么大，要是用来对付小鸡……嘿嘿。

这些大米，可是我留着做粉蒸鸡用的，你真的要……

少废话，今天改吃烤鸡了！

撒米……

看我的。

100

铁饼改汉堡包？

嘿嘿。

哇，是大米！

我捡，我捡……

嘿嘿，上钩了。

啊？汉堡包？！

哗！

哈哈，这么多大米！

分量还挺足啊，一定很好吃。

啊呜！

哐当！

怎么一下就饱了？

啊？完蛋了，要撞上了！

轰！

哎哟……哎哟……

快追啊，别让肥鸡跑了！

嘿嘿，看我的"饿狗抢石"！

汪汪！

嘿嘿，拿到吸铁石了！

砰！

吐出"汉堡包"

哇！

第三十七集
鸡小龙是魔术师

......

轰！

师傅，接下来我要给您表演"刀锯活人"，绝对精彩！

救命啊！

胖乎乎，我们冒充他的热心观众接近他，说不定机会就来了！

唉，为什么没有人欣赏我的魔术？

热心观众？真是好主意！

谁躲在草丛里面？快出来！

嘻嘻，是我们。

你们是谁？

我们在找一个叫鸡小龙的著名魔术师。

呃，你们找他干什么？

听说他魔术玩得特别好，我们很喜欢他！

是啊，我们是专程来看他表演的。

鸡小龙大师，为我们表演几个魔术吧。

太好了，太好了！我就是你们要找的魔术师鸡小龙啊！

等会儿，我先准备一下。

十分钟后

下面，表演正式开始了！

我等不及了！

鸡小龙，我爱你！

第一个表演，变扑克牌。

这是什么烂魔术啊？

你们看，变出来了！

唉，真没劲！

哇，太棒了！

鸡小龙，我爱你！

找个人躺到箱子里面，然后我把剑插进去，那个人却能安然无恙。

这又是什么魔术啊？

那么，请你上来跟我一起表演。

这么神奇啊，快点给我们表演吧！

哎哟！

塞一

这个……还是算了吧！

咚！

咚！

快放我出去！

第三十八集
玉米地

师傅，快醒醒！

干吗呀？我睡得正香呢！

您忘了？明天是鸡丁的生日啊。

我想好了，我们送鸡丁一根双截棍，作为生日礼物。

要不……最新的掌上游戏机？

双截棍？你以为鸡丁跟你一样啊！

太贵了，买不起。

那有什么可送的呢？

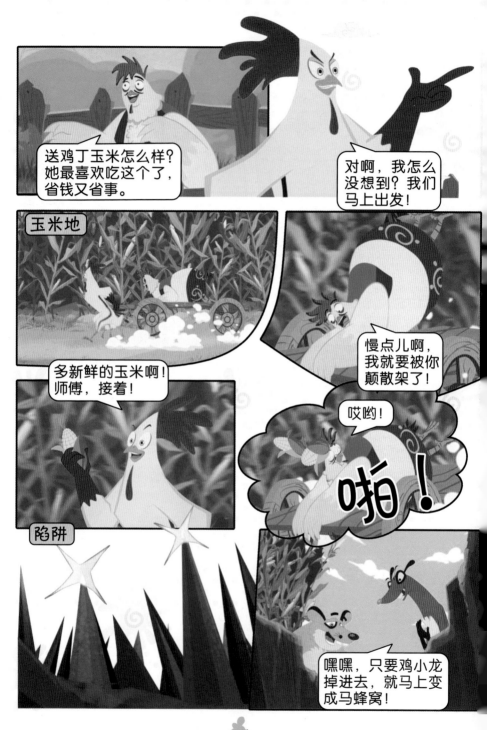

送鸡丁玉米怎么样？她最喜欢吃这个了，省钱又省事。

对啊，我怎么没想到？我们马上出发！

玉米地

多新鲜的玉米啊！师傅，接着！

慢点儿啊，我就要被你颠散架了！

哎哟！

啪！

陷阱

嘿嘿，只要鸡小龙掉进去，就马上变成马蜂窝！

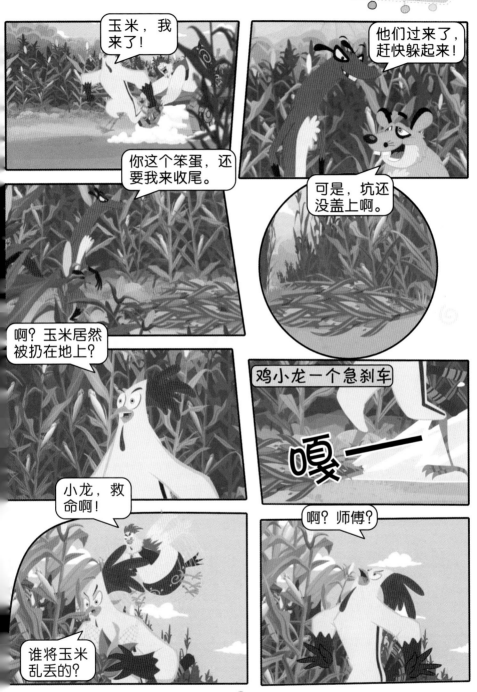

27

哎呀……

嗡嗡——

胖乎乎，给我听好了！没有抓到鸡之前，不许翻食谱！

走开，讨厌的蜜蜂！

看你往哪里跑！

哎哟，我的天啊！

刺——

胖乎乎，你又在干吗？

嗖！

吁，总算顶住了。

嘣！

救命啊！

……

隆隆——

快把它推下去！

终于推上来了！

隆隆——

玉米地

胸大鸡，拿命来!

啊？玉米掉了。

轰!
哎哟!

趁鸡小龙不在，我们上!

扑通!

小龙，快把玉米包起来!

是，师傅!

我包，我包!

刷刷——

大功告成，回家喽!

救命……

第三十九集
表妹要来

嘟 嘟

哇，我的信！

耶，太好了！

师傅，醒醒！

呀——再不起来，我就出招了！

小龙，有什么事吗？

当然有，我表妹要来了！

你表妹？就是那个传说中的美食节目主持人悠悠吗？

没错，而且她说这次会带来很多好吃的呢。

哇，我最喜欢看她主持的《小鸡爱美食》节目了！她什么时候到？

就在明天！

大扫除中

刷 刷——

刷 刷——

哈哈，那我们明天就有很多好吃的了！我们得赶紧把家里收拾一下。

咳咳……小龙你动作轻点儿行不行？

咳咳……小龙你不要扫了，去把桌子擦干净。

36

我擦，我擦！

呜呜……师傅，对不起！我再重新擦一次！

哎呀，小龙，你做事情也太不仔细了吧！看，桌子上还有一颗小石头！

别难过了，这里有本书，你拿去好好看看。

VIP
重要贵宾接待礼仪

哇，还是师傅想得周到啊！

快去按上面写的准备吧，你表妹可是重要贵宾啊。

明白了，保证完成任务！

这个鸡小龙做事真是不细心。

我踩，我踩！

我敲，我敲！

砰！砰！

这样总该平了吧？

午后

小龙，你看。

哇，拖拉机！

SB940

既然是贵宾，当然得用车接啦。

师傅说得对！

来，师傅带你兜兜风。

SB940

哇，师傅懂的东西可真多啊！

那还用说？

师傅，让我也开开吧！

呃，好吧。

对对对，就这样。慢点儿开。

嘿嘿，挺简单的嘛！

嘿嘿，看我的新法宝！

什么法宝？

能扎坏任何轮胎的——车见愁！

嘟 嘟！

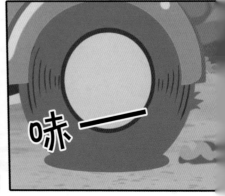

嘿嘿，大功告成！

咻一

啊？轮胎怎么破了？

有了！

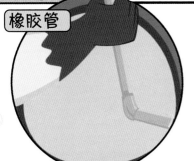

橡胶管

嘿嘿，睡觉的胸大鸡……

我等不及要做鸡料理了！

啪嗒！

修好了，出发！

隆——

41

啊？到手的肥鸡跑了！

师傅，我们回家吧。

嘿嘿，让你尝尝地雷的厉害！

嘿嘿，等一下我们就可以直接吃烤鸡了！

哎呀！

轰！

哇，这是怎么回事？

咚！

第四十集
拉面

主人家

各位观众，下面是"小鸡爱美食"节目。

今天教大家做的美食是——拉面。

首先，要准备优质的面粉。这样做出来的拉面才会好吃哦！

我得赶紧把做法记下来，今天就做个香喷喷的拉面！

农场外

咕咕——

饿死我了……

来，尝尝我给你准备的糖醋鱼吧！

哼！

哐当！

哇，我的红烧鸡排！

冷静点，心急吃不了肥鸡！

胸大鸡来这种地方干什么？说不定有埋伏，咱们先静观其变。

嘭！

面粉全都撒了出来。

轰！

咳咳，什么都看不见了。

这可怎么办？

糟糕，有人来了！

躲上二楼，准没有人发现。

哈哈，这下谁都别想上来！

47

糟了，胸大鸡把梯子收上去了。

可恶，我们再想别的办法！

磨坊二楼

哇，这不就是传说中的面点厨房吗？

可以在这里做拉面喽！

让我看看，应该怎么和面。

制作方法：

加入适量的盐和水去和面。面要和匀

哦，盐在这里。

磨坊外

看我的铁钩！

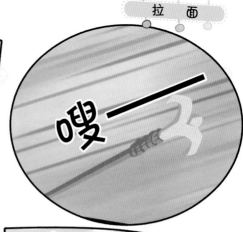

嗖——

哐当！

嘿嘿，我来了！

嗯，揉得差不多了。

看看弹性怎么样。

啪！

嗖——

哎哟！

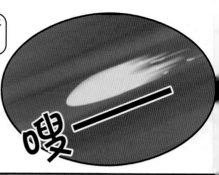

拉 面

准备吃拉面啊，胸大鸡？

是啊。

啊？瘦高高，胖乎乎？

尝尝我的狼牙棒！

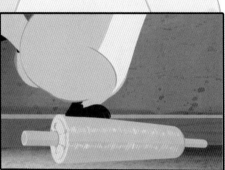

哎呀，瘦高高，救救我啊！

骨碌——

哎哟——

砰！

好晕啊……

气死我了，胸大鸡接刀！

当！

别过来啊！

啊，怎么砍不进？

哈哈，这面真好，刀枪不入。

尝尝我的——超级面筋手套！

看拳！

砰！

哎哟……

再尝尝我的超级面筋机枪！

哒哒哒……

拉　面

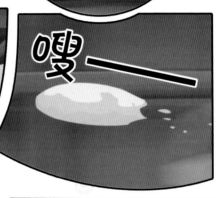

第四十一集
鸡丁的小屋

师傅，快起床教我武功啦！

快教我鸡飞蛋打拳！

我求求你了，你就放过我吧！

唉，三更半夜的吵什么啊？

第二天

为师实在是没有空啊。

师傅，教教我吧！

天天都这样，真是烦人！

碎！

小龙你别追了！

哎哟！

师傅您别跑啊！

哎哟！

我再也受不了了，我要搬出去住！

我要和这里永别，我要有自己的小屋！

好的，就这里了。

开始建造房屋！

一小时后

哈哈，完成了！

嘿嘿，只有鸡丁一个，机会来了。

太好了！

鬼鬼祟祟

我先敲门，等她开门，我就砸晕她！

咚咚！

谁呀？

咣！

可恶，居然开门撞到我！

嘿嘿，这次用炸弹！

鸡丁悄悄把炸弹送回

炸弹怎么还没响啊？

轰！

快，我们用梯子爬进去！

气死我了，我就不信上不去！

这次一定行！

我来了——

哼哼！

什么东西？

嘭！

救命啊！

晚上

师傅，教我武功吧！

别追了，你都追了一天一夜了！

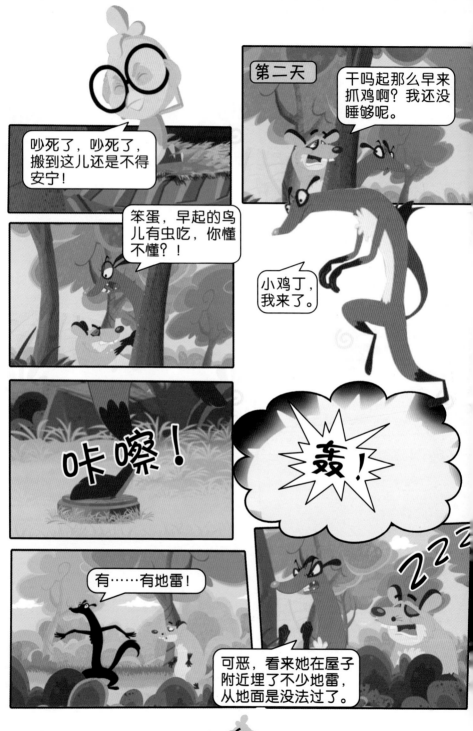

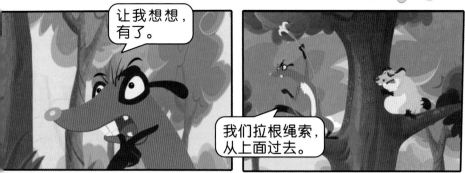

让我想想，有了。

我们拉根绳索，从上面过去。

蹑手蹑脚

嗖嗖——

喂，两个笨蛋！

咔嚓！

哎呀！

要掉下去了！

鸡丁的小屋

请勿打扰

下午

唉，怎么还是那么吵啊？

小龙啊，你就让为师休息一会儿吧。

师傅，您教教我鸡飞蛋打拳吧！

这日子没法过了，呜呜……

求您了，您就让我看一眼也行啊！

救命啊，你就放过我吧！

63

第四十二集
谷仓反击战

笨蛋，我们一直抓不到鸡都是因为你！

哎哟！

嘭！

就会欺负我……

哔 哔

是鸡丁，我们快隐蔽好！

是！

没想到这游戏还真有挑战性呢。

准备……

嘿！

抓到了！

啊？

鸡丁直接穿过

怎么回事？
快追！

谷仓外

嘭！嘭！

小鸡丁，这
回看你往哪
儿逃！

我才不怕
你们呢！

哐当！

好痛……

好晕……

糟糕，没路了。

谷仓内

啊呜，我们来了！

啊？她钻进去了？

东摸西摸

碎！

妈呀，我的手！

那还给我。

不行，是我的！

好吧，你要好好珍惜它。

抢到什么好东西了？

嘿嘿，是炸弹……

轰！

咻一

我们会回来的！

唉，真没挑战性。

第四十三集
胖乎乎的生日

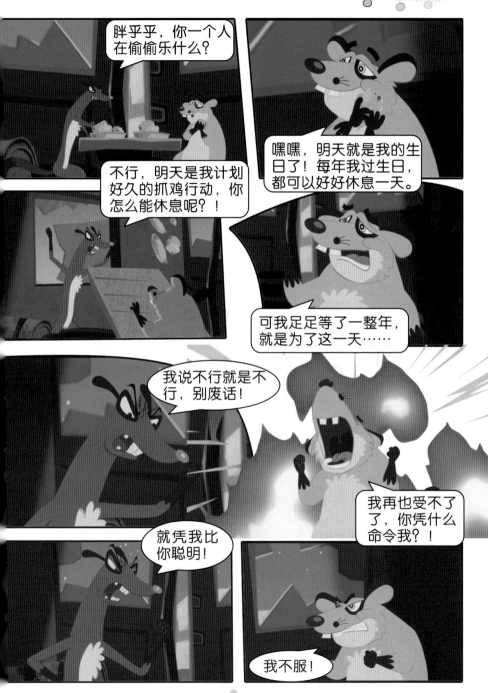

新到的游戏盘，今天一定要好好玩玩。

哈哈，谁先抓到鸡丁，谁就赢！

看我的钻地大法！

我钻，我钻！

你敢偷跑？

咚！

可恶！

嗒！

噼里啪啦！

什么声音？

原来是这两个笨蛋，我来陪他们玩玩。

咦，小鸡呢？

这里也没有。

嗨，你们是在找我吗？

她手里拿着什么？

咣！

好晕……

82

受死吧！

放马过来！

嘭！

啪！

加油！加油！

啊？

鸡丁，你竟敢耍我们！

选我选我，我的手又细又长，就像安全带一样安全。

等等，应该由我来决定谁先抓住我。

选我选我，我的手又厚又软，就像被窝一样舒服。

第四十四集
捕蝶记

看，是胸大鸡！

太好了！

嘭！

让开！

该死的蝴蝶，跑哪儿去了？

胸大鸡师傅，您拿着网兜干什么？

我……我在练一门深奥的武功！

那是什么功夫？

臭蝴蝶，看我还抓不住你？

呼—

哎呀！

嗳——

啪！

抓到了，师傅您看！

哈哈，小样，看我怎么收拾你！

哎哟，疼死我了！

嘿嘿。

砰！

臭蝴蝶，你给我站住！

图书在版编目（CIP）数据

小鸡不好惹. 5，谷仓反击战／深圳华强文化科技集
团编著. -- 成都：四川美术出版社，2011. 1
　ISBN 978-7-5410-4434-2

　Ⅰ. ①小… Ⅱ. ①深… Ⅲ. ①动画：连环画 - 作品 -
中国 - 现代 Ⅳ. ①J228. 7

中国版本图书馆CIP数据核字 (2010) 第203369号

小鸡不好惹⑤谷仓反击战
XIAOJI BUHAORE⑤GUCANG FANJIZHAN　　　　　深圳华强文化科技集团 著

著作权所有　深圳华强文化科技集团
总 策 划　李　明　马晓峰　戎志刚　高敬义　刘道强　丁　亮
分册策划　李　桢　叶英雷
装帧设计　白志坚　蔡小龙
美术统筹　陈华勇　李　达
编辑撰稿　刘　艺　舒　昕　毛　艳　龚俊伟

责任编辑　李　成　张大川
责任校对　任希瑾　刘　雁
责任印制　曾晓峰

出版发行　四川出版集团 四川美术出版社　（成都市三洞桥路12号）
邮　　编　610031
印　　刷　深圳市森广源印刷有限公司
成品尺寸　205mm × 147mm
印　　张　3
字　　数　10千字
图　　幅　80
版　　次　2011年1月第1版
印　　次　2011年1月第1版第1次印刷
书　　号　ISBN 978-7-5410-4434-2
定　　价　12.00元